¿Cómo era yo cuando era un bebé?

Jeanne Willis

Título original en inglés;
WHAT DID I LOOK LIKE WHEN I WAS A BABY
de Jeanne Willis y Tony Ross
Publicado en español por acuerdo con Andersen Press, Londres

A.A. 53550, Bogotá, Colombia
Impreso en colombia por Gráficas de la Sabana Ltda.
Octubre 2002

ISBN 958-04-6031-0

¿Cómo era yo cuando era un bebé?

Jeanne Willis

Ilustraciones de Tony Ross

GRUPO EDITORIAL norma INFANTIL • JUVENIL

http://www.norma.com

Barcelona, Bogotá, Buenos Aires, Caracas, Guatemala, Lima, México, Miami, Panamá, Quito, San José, San Juan, San Salvador, Santiago de Chile, Santo Domingo.

—Mamá —dijo Miguel—, ¿cómo era yo cuando era un bebé?

—Te parecías a tu abuelo —contestó ella sonriendo—. ¡Calvo y arrugado!

Lejos de allí, en la selva, el hijo de una mandril le hizo a su mamá la misma pregunta.

—Mamá, ¿cómo era yo cuando era un bebé?

—Muy parecido a como eres hoy —contestó ella—, sólo que no tan peludo. Eras un lindo monito.

"Me pregunto cómo era yo cuando era un bebé", pensó el hipopótamo.

—Igual a como eres hoy, sólo que más pequeño —dijo su mamá—. Aunque ya entonces pesabas una tonelada.

—¿Y yo, mamá? —preguntó el leopardo.

—Siempre has tenido tus manchas —contestó ella—, pero tus patas han crecido mucho. Es cuestión de familia.

—¿Cómo era yo cuando era un bebé? —preguntó la avestruz.

—¡Eras un pollito! —le dijo su papá—. Te parecías a tu mamá, sólo que en lugar de tener plumas grandes tenías una linda pelusilla.

—Mamá, ¿yo tenía pelusilla? —preguntó la serpiente.

—¿Pelusa? ¡Sssssanto cielo, no! —siseó ella—. Ssssssiempre has tenido una hermosa piel. Eras igualita a mí.

—Y todavía tengo mi cascabel —dijo la pequeña serpiente.

—Oye, mamá, ¿cuando era chiquita era igual a ti?
—preguntó la hiena.

—¡No! —dijo ella—. Te parecías a tu papá y nos reíamos mucho.

—¿Y yo? —preguntó el jabalí—. ¿Me parecía a mi papá?

—Un poco —gruñó su mamá —, sólo que él era un enorme jabalí.

—¿Y yo? —preguntó el camaleón —.¿Yo siempre he sido así, mamá?

—Sí —contestó ella—.Lo único que ha cambiado es tu color… ¡Mira, ya cambiaste otra vez!

Así, uno por uno, en todo el mundo, los animales supieron que cuando eran bebés, se parecían mucho a sus mamás y a sus papás. HASTA QUE…

—Mamá…—comenzó el sapo.
—Hijo —le dijo su mamá—, ni me lo preguntes.

Pero el sapito siguió y siguió preguntando.

—Mamá, ¿cómo era yo cuando era un bebé?. . .¿Cómo era yo cuando era un bebé?

Al fin, la mamá le mostró una fotografía.

—Este eras tú cuando tenías tres semanas —le dijo.

El sapito miró horrorizado la fotografía.

—¿Yo? —dijo—. ¡Ese no soy yo! No se parece para nada a un sapo.

Confundido y con rabia, el sapito se escondió bajo una piedra y decidió que nunca volvería a confiar en su mamá.

Pero, de repente, oyó que todos sus hermanos y hermanas cantaban:

Los bebés sapitos no parecen sapos,
pues son pequeñitos y muy resbalosos.
Para andar son lentos, ya que no dan brincos;
sólo dan brinquitos los muy perezosos.
Sus ojos saltones son como puntitos,
que casi se pierden en su cabezota.
No se llaman sapos, son renacuajitos;
arrastrando solos su larga colota.

Mas, ¡ay!, cómo cambian, es cosa que asombra.
Les crecen dos ancas, les salen dos brazos
y para que no sobre se encoge la cola.
Y ahora la vida parece otra cosa:
ya brincan, ya saltan, ya ríen, ya gozan.
Porque sin saberlo, se han vuelto muy guapos;
ahora los sapitos son hermosos sapos.

Cuando el sapito se dio cuenta de que todos los sapos del mundo fueron, alguna vez, renacuajos, se sintió mucho mejor.

—¡Ya sé cómo era yo cuando era un bebé! —exclamó con una sonrisa.

—¡Hermoso! —dijo su mamá.